Martin Greif

Bertha und Ludwig

Trauerspiel in fünf Aufzügen

Martin Greif

Bertha und Ludwig

Trauerspiel in fünf Aufzügen

ISBN/EAN: 9783743375529

Hergestellt in Europa, USA, Kanada, Australien, Japan

Cover: Foto ©Andreas Hilbeck / pixelio.de

Manufactured and distributed by brebook publishing software (www.brebook.com)

Martin Greif

Bertha und Ludwig

Bertha und Ludwig.

Trauerspiel in fünf Aufzügen

von

Friedrich Herrmann Frey.

Den Bühnen gegenüber Manuscript.

München.
Joseph Anton Finsterlin.
1861.

Vorwort.

Mit dieser Dichtung wagt sich meine Muse zum zweiten Male vor die Oeffentlichkeit, indem sie zur Leier*) nun die Maske fügt. Weder für irgend eine Tendenzrichtung, noch für die Aussprüche einer hinfälligen Mode empfänglich, geht ihr Streben einzig und allein dahin, den ewigen und unwandelbaren Gesetzen der Kunst Genüge zu leisten. Wer also eine Unterwerfung unter die Zeit verlangt, der thut besser, ihr gänzlich ferne zu bleiben, als ihr, die keine Bosheit und Arglist kennt, mit solcher zu begegnen. Wem aber das ewig Schöne heilig ist, der komme näher und prüfe sie! Und wenn die Bühne von dem Geräusche gigantischer Cothurne zu Athem kommt, so lasse sie die anspruchslosen Gebilde ihrer Fantasie über die ermüdeten Bretter schweben! Zwar sind es nicht durch die Zaubermacht der Dichtkunst aus der Vergangenheit in die Gegenwart versetzte, mit dem Mondscheine der Romantik überflossene Gestalten, die sich zu einer freilich nirgend verzeichneten, jedoch überall mög-

---
*) Gedichte von Frd. Hrm. Frey, bei Gg. Franz. München 1860.

lichen Handlung vereinigen. Aber lebt denn die Wahrheit nicht ebenso gerne in den Tiefen der Brust als in den Weiten der Welt? Bertha könnte, denke ich, jeden Augenblick, ganz so wie sie gezeichnet ist, in's Leben treten, und ihr Ludwig nicht minder. Ueberzeugt, daß es auf der Welt nichts absolut Böses gebe, habe ich Lorenzo nicht jede gute Seite absprechen wollen und daher dem verhärteten Gemüthe Charakterfestigkeit beigesellt. Und Eleonore bewahrt in ihrem zerrissenen Herzen das zarte Geheimniß bezaubernder Weiblichkeit.

Der schönste Lohn für meine Arbeit würde mir aber zu Theil, wenn das Theater ihr, als einem nicht unwillkommenen Gaste, hie und da einen Besuch auf dem Proscenium gestatten wollte.

Der Verfasser.

Personen.

Herrmann, ein deutscher Edelmann.
Ludwig, dessen Sohn.
Lorenzo, ein florentinischer Edelmann.
Roberto, } dessen Kinder.
Bertha,
Bernardo, } florentinische Edelleute.
Vincenzio,
Alfred, Ludwigs Begleiter.
Pietro, Roberto's Diener.
Eleonore, Frau eines florentinischen Rathsherrn.

Rathsherren, Richter, Amtsschreiber, Gerichtsdiener, Soldaten, Bürger, Vermummte, Diener.

Die Handlung spielt zu Florenz.

Erster Aufzug.

Erste Scene.

Straße von Florenz. — Lorenzo, Bernardo, Vincenzio.

Lorenzo.

Es war ein schönes, klar erfaßtes Spiel.
Ein jeder war auf seine Rolle stolz,
Und jeder Florentiner war es auch;
Denn durch die Künste blüht sein Vaterland.

Bernardo.

Ja, wer den Künsten eine Heimath schenkt,
Der schenkt sich selber eine schönere,
Und unsre Fürsten leben für ihr Land.

Vincenzio.

An Gegenliebe fehlte es auch nie;
Denn wo Verdienst Geburt ersetzen kann,
Da schwillt der Stolz sogar des Bettlers Brust.

(Waffenlärm.)

Lorenzo.

Was rauschen Waffen durch die stille Nacht?
Der gute Bürger braucht ihr Drohen nicht!

Zweite Scene.
Die Vorigen. Vermummte.

Anführer.
Doch Vaterlandsverräther um so mehr.

Bernardo.
Wen sucht ihr?

Anführer.
Lorenzo.

Lorenzo.
Hier bin ich.

Bernardo.
Nicht Vincenz und Bernardo auch zugleich?
Wir bieten uns als Mitverdächt'ge an,
Und treffen auch im Dunkeln unsern Feind.

Lorenzo.
Der Schlechte dient dem guten Staate nicht;
Ist er ihm doch ein ew'ges Hinderniß.
Und ihr zumal, die ihr durch Straßenraub
Vom Schicksal Tag für Tag erbettelnd lebt.

(Kampf.)

Dritte Scene.
Die Vorigen. Ludwig und Alfred.

Alfred.
Aus dieser Richtung kommt der Lärm. Seht dort!

Ludwig.
Wohl bin ich nur ein Gast in dieser Stadt,
Doch Räubern stell' ich einen Bürger vor
Und unterstütze fremde Obrigkeit.
(Kämpft.)
Es fliehe aus der Nacht die zweite Nacht.
(Die Vermummten entweichen.)

Lorenzo.
Wer seid ihr Freund? Der Sprache nach
Und eurem schönen Auge, Haar und Wuchs
Ein deutscher Edelmann.

Ludwig.
Ihr rathet recht.
Verwundert sah ich diesen Straßenkampf.
Ich dachte hier, wo alles Schöne blüht,
Sei Sinn für Recht, Gesetz und Ordnung da.

Lorenzo.
Die Schuld liegt nicht an mangelhaftem Sinn,
Die Leidenschaften glühen überall.

Bernardo.
In welche Schule habt ihr eure Faust geschickt,
Daß sie die Wucht dem Blitze abgelernt?

Vincenzio.
Und eine Schnelligkeit der Klinge gibt,
Daß Teufel man in sie gefahren glaubt?

Ludwig.
Die deutsche Faust ist überall bekannt;
Bei ihr bedarf es kleiner Politur,
So wird ihr Fleisch zu Eisen umgewandelt.

Lorenzo.

Ich achte deutsches Blut und Wesen hoch.
Es liegt Verstand und Herz so nah' bei euch,
Und offen bietet ihr der Welt euch dar:
Ich hielt mich lang in euren Gauen auf,
Und sprach bei manchem Rittersmanne ein,
Und freute mich beim Tage auf die Nacht,
Da bei der trauten Flamme sich der Trunk
Aus großen Humpen offen anempfahl,
Und Frauensorge um den trauten Kreis
Der Pflege mag'sche Zauberkreise zog.
Und eure Städte, dieses Nüremberg
Und Augsburg, Ulm und München, Prag
Und andere, vor Allem aber Cöln,
Wo sich der schönste Bau in's Blaue hebt.
Wie pflegen sie Gewerbe, Handel, Kunst!
Wie stolz ist da der Bürger auf sich selbst
Und seine Stadt und ihr uraltes Recht!
Wie tritt er freundlich zu dem Fremden hin
Und bietet sich als Wirth bescheiden an!
Und welche Frauen birgt ein Bürgerhaus,
Wo sich die Kindheit bis ins reife Alter
In reiner Kindlichkeit und Scham verpflanzt,
Und höh'rer Fleiß die Herrin von der Magd
Dem ersten Blicke deutlich unterscheidet!

Ludwig.

Ein Lob der Heimath in der Ferne ist
Dem weichen Herzen doppelter Genuß.

Lorenzo.

Doch auch dem Lande, dem der Alpenstock
Der Anmuth schöngewebter Gürtel ist,
Ist Gastlichkeit ein sehr geläuf'ger Dienst.
Mein Haus ist stolz auf seinen deutschen Gast.

Ludwig.

Ihr spracht vorhin so liebevoll von Cöln.
Gefiel euch sonst vielleicht etwas darin,
Das aus der Jugendzeit in's kahle Alter
Die grünen, blüthevollen Zweige hebt?
Ein schöner Anblick ist ein frischer Greis,
Dem die Erinnerung den Busen schwellt,
Und der der Liebe wonnigen Akkord
Noch auf des Herzens Saiten wiederfindet.
Ihr staunt ob meiner großen Wißbegier?
So hört, wie sie in mir entstanden ist:
Mein Vater sprach gar oft von einem Freund',
Der in entfernten Landen mit ihm focht,
Wohin sein abentheuerlicher Sinn ihn trieb.
Und da sie ruhmbedeckt zurückgekehrt,
So sind durch Deutschland und Italien
Als Minnesänger beide hingezogen;
Denn ihnen ward das schöne Loos zu Theil,
Die Pfeile, die die Lieb in's Herz gesenkt,
Als ewig frische Blumen auszuzieh'n.
Ein kleines Echo dieses heitern Spiel's
Bewohnt auch meine Seele, der die Lust
Ein Angebinde ist von der Natur,
Und Alles, was mein Herz erfreut, das drückt
Als Bild sich auf den lebenden Rubin.

Doch wieder zu dem Freundespaar zurück.
Auf seinen Wanderschaften kam's zuletzt
Nach Cöln; hier lebte eine Wittwe mit
Der schönsten Tochter. Ach! noch heute klingt
Voll süßer Minnelust der alte Mund,
Wenn er der schönen Bertha Reize singt.
Gewöhnlich endet dann sein weiches Lied
Mit einem wortelosen Lautenspiel,
Und aus der alten, trauten Cither steigt,
Wie auf der Himmelsleiter goldnen Sprofsen,
Die ganze Jugend in des Alten Brust.
Der Freundschaft heitre Genien,
Der Leidenschaften düstre Geisterschaar
Sie kehren Alle in dem Herzen ein,
Und aus dem goldnen Saitengitter fließt
Der Liebe süße Abenddämmerung.
Da blitzt das Auge zu der Saiten Blitz,
Und wie des Jünglings Leben, wild und kühn
Und schwärmerisch und träumend ist sein Spiel.
Die schöne Bertha hing mit Leidenschaft
Am Florentiner fest; es schien, er schwärze
In ihre Augen Gluth aus Süden ein;
Die stille Bertha wogt vor Leidenschaft.
Die Mutter hält sie an dem Rocken fest
Und führt sie voller Angst zur Messe hin,
Und läßt sie bei dem strengsten Priester beichten.
Ihr Auge liegt beständig im Gebet,
Es möge Gott den stolzen Sinn ihr wenden,
Daß sie nicht wünsche über ihren Stand.
Mein Vater liebte sie nicht weniger
Als sein Genosse, doch ihr Auge stieß

Und blitzte ihn zurück und hing mit Macht
Am feurigen Italiener fest,
Und Feinde trennten beide Freunde sich.

Vincenzio.
Der Jugend dient zu Liebe wie zu Haß
Der Augenblick; in seiner engen Schranke
Bewegt sich ihm, wozu der reife Mann
Der Jahre Maß nicht übertrieben hält!

Ludwig.
Ihr sinnt und schweigt?

Lorenzo.
         Mein Auge spricht.

Ludwig.
         Ihr weint?

Lorenzo.
Ach! welche Tage ruft ihr mir zurück!
Mir ist's, als färbten meine Locken sich,
Als schmilze unter eurer Glut der Schnee,
Der winterlich auf meinem Scheitel liegt.

Ludwig.
Die schneebedeckte Firne wandelt sich,
Vom Abendroth umblüht, in Purpur um.
Magnetisch zieht der Feind den Feind heran;
Mein Vater ist von Florenz nimmer fern.

Lorenzo
(ihn umarmend).
Schon liegt an meiner Brust sein Ebenbild.
O! weiht sie zum Empfange jener ein!
Die Greise heilen sich die Wunden zu,
Die sie als Männer unbesonnen schlugen.

Ludwig.

Und Bertha lebt? die Gluth, die eure Herzen schied,
Sie schmelze sie zum alten Ganzen wieder!

Lorenzo.

Noch lange hing der grüne Zweig in's Leben
Und fruchtbeschwert herab; doch er ist verdorrt,
Und meines Liebes scheue Nachtigall,
Sie flattert bang umher und hat kein Nest.
Ihr habt, vielwerther Freund, den Jugendsturm
Mit eures Vaters würd'ger Glut gemalt,
Und unnennbare Lust und Wehmuth mir
In meinem alten Herzen auferweckt.
Ja, ewig neu bleibt dieser Diamant,
Der wie ein Amulet im Busen hängt,
Und eine Lampe in der Taufkapelle,
In die wir unsere Gedanken tragen,
Daß sie Gefühl durchwehe und Gemüth.
Sie prangte herrlicher Gemälde voll
In mir, und Gold und Blüthenzier
Erhöhten ihren Glanz; das Schicksal warf
Die Abenddämmerung hinein, zuletzt
Die Nacht; doch eures Geistes helle Leuchte
Entdeckte mir, daß unversiegt die Wände,
Die alten Himmelsfarben niederthauen;
Daß es nur an dem Lämpchen fehlt, das mehr
Des Oeles braucht im Alter, als vordem,
Da schon sein goldenes Gefäß der Sonne
Das Licht von einer Nebensonne nahm.
Ich bin ein unglückfel'ger Gatte, Freund;
Mein Weib, die schöne Bertha, starb an Gram,

Und mir erhält der Gram ein leeres Leben.
O! käme doch mein alter Freund recht bald,
Daß seiner Stimme Abendglocke Frieden
In meinen öden Busen läuten kann.

Ludwig.

Ihr sprecht voll Gram den Gattennamen aus.
Versagten eures Stammes Zweige selbst
Die Früchte, oder hat ein Mehlthau sich,
Des Schicksals Tücke, auf ihr Laub gesenkt?
Verzeiht dem warmen Antheil diese Frage!

Lorenzo.

Wir lebten lange Zeit ein frohes Leben.
Es war, als ob sich zweier Himmel Pflanzen,
Weil sie sonst selten Eine Scholle theilen,
Um so beglückter in einander schlängen.
Und meine Gluth und ihre sanfte Stille
Vertrugen sich so gut, wie meiner Tochter
Schwarzlock'ges Haar und himmelblaue Augen,
Die schönen Angebinde zweier Länder.

Ludwig.

Ein Seufzer drängt sich in des Vaters Lust
Und Rührung wehrt dem Auge seinen Stolz?

Lorenzo.

Wenn eures Herzens schönste Lieblingsblume
Des Morgens plötzlich weg vom Fenster wäre?

Ludwig.

Geraubt? Jetzt ist mir eure Wehmuth klar.

Lorenzo.

Begreifst du das Benehmen meines Auges,
Die Oede meiner heimgesuchten Brust,
Warum ich Greise, da dein Vater Mann?
Er streckt die Arme aus und Kinder stürzen
Ihn, Vater rufend, an das Vaterherz.
Ich streck' die Arme aus und rufe: Kind,
Doch Nichts erfüllt den armumschloß'nen Raum.
Auch hatt' ich einen Sohn.

(Ein Vermummter geht unvermerkt über die Bühne.)

Vermummter.

Er ist's!

Lorenzo.

Das Wiederspiel
Von euch.

Ludwig.

Dem Aeußern nach, das geb' ich zu,
Doch in das Innre blickt kein Mensch so leicht,
Wiewohl Erfahrung euch zur Seite steht.

Lorenzo.

Ihr seid ein guter Sohn.

Bernardo.

Es ist schon spät.

Lorenzo.

Der morg'ge Tag enthüllt des Weh's euch mehr.
Ich trage eine grambeladne Brust
Und möchte sie in euren Busen leeren.

(Alle ab.)

Vierte Scene.

Roberto. Pietro. Obrigkeitliche Personen. Richter, Amtsschreiber und Bewaffnete.

Roberto.

Hier überfiel er ihn.

Pietro.

Und hätte ich
Zur rechten Zeit nicht laut um Hülf' geschrie'n,
Wir stünden jetzt um seinen Leichnam her.

Richter.

Genau zu Protokoll genommen, Alles!

Amtsschreiber.

Die Fakta sind bedenklicher Natur,
So, daß was Schlimmes d'raus entstehen kann
Es kommt auf's Testimonium an.
Auf keinen Fall wird hier ein Spaß gemacht.
Zwei Fackeln her! ad notam nehm' ich Alles.

Richter.

Wenn eure Finger nur lebendig sind
Und eure Ohren tüchtig ausgeputzt,
Dem Kopfe muth' ich keine Arbeit zu.

(Gelächter.)

Amtsschreiber.

Ich werfe flüchtig hin den Thatbestand,
Zu Haus arbeite ich ihn weiter aus.

Richter.

Ihr schreibt, was man euch sagt, sonst Nichts.

Gerichtsdiener.

Das ist ja Schreibersſache und nicht mehr.

(Der Amtsſchreiber wirft einen verächtlichen Blick auf ihn.)

Roberto.

Ich ſaß zu Hauſe bei der Lampe Schein,
Als Pietro ängſtlich in das Zimmer trat
Und dieſen Vorfall mir empört erzählte.
Er wiederhole ſein Erlebniß ſelbſt.

Pietro.

Ich war bei meinem Mädchen, als ich plötzlich
Geklirr von Waffen hörte; ich entlief —
In jenem Hauſe wohnt ſie nämlich.

Amtsſchreiber.
                Wer?

Pietro.

Wer? mein Mädchen.

Richter.
            Schreiber aufgepaßt!

Amtsſchreiber.

Ich bin responſabel für das Aktenſtück.

Pietro.

Ich kam hierher. Lorenzo war umringt
Von Mördern, deren Führer ich erkannt.
An ſeinen Hieben ſah von Weitem ich,
Daß er für ihre Wirkung zitterte
Und ſeine Zukunft auf dem Spiele ſtund.
Schon floh der Haufen, von dem Lärm erſchreckt,
Den meine Stimme in der Nacht erregt;

Doch er versuchte tollkühn fort sein Glück,
Bis nahe Tritte ihm den Arm gelähmt.

Amtsschreiber.

Der Name unsers Attentäters fehlt;
Ein Kriminalprozeß steht uns bevor.

Richter.

Nichts eingeredet, Schreiber; eure Zunge
Beleck' als Federspule das Papier.

Amtsschreiber.

Beschreibt mir ihn, wenn Euch der Namen fehlt.

Richter.

Amtsschreiber ruhig! will es nimmer sagen.

Pietro.

Es ist ein deutscher Edelmann; er nennt
Sich Ludwig. Ein Hallunke, gnäd'ger Herr,
Wie's keinen zweiten gibt; er reist umher
Und treibt sein Wesen fort, so lang es geht,
An Einem Orte; ist er nimmer sicher,
So geht er weiter. Ein Hallunke ist's.

Roberto.

Das Weit're hört von mir der hohe Rath.

Richter.

Wie nennt ihr Euch?

Roberto.

Ich bin ein Edelmann.

Richter.

Ihr seid mir unbekannt.

Roberto.
Das Wort genügt:
Ich bin ein florentin'scher Edelmann.
Richter.
Das zwingt mich blindlings euch zu glauben.
Amtsschreiber.
(Zu Pietro.)
Ich danke Euch im Namen unsers Rath's
Für Eure wohlerfüllte Bürgerpflicht.

Fünfte Scene.
In Lorenzo's Hause. — Ludwig.
Ludwig.
O! Fürstin meines Herzens, heute hast
Du deinen Schutzgeist wieder ausgesandt,
Daß er dein Bild vor meine Seele stelle
Und ich in seine Schönheit mich vertiefe.
Aus seiner Rede vollem Strome schien
Dein reiner Engelleib empor zu tauchen,
Und gold'ne Blicke wie des Himmels Sterne
Begrüßten mich, der staunend, horchend stund.
Kommt diese Quelle deiner Sympathie,
Die meine kranke Seele rettend netzt,
Noch von der Erde, oder stürzt sie sich
Aus dem durch dich beglückten Himmel nieder?
Hörst du die Wetter noch hoch oben schalten,
Hörst du sie tief ihr wildes Wesen treiben?
Kannst du mit Sternen wie mit Blumen spielen?

Siehst du sie noch in irb'schen Wassern baden?
Und gibt es, wenn du hoch im Himmel weilst,
Kein einz'ges Mittel, mir es zu verkünden?
Vermagst du wen'ge Sterne nicht zu rücken,
Daß sie mir deines Namens ersten Laut
In gold'ner Schrift zum ew'gen Troste bilden?
Und wenn du noch auf Erden lebend weilst,
So rufe deine Klage ewig aus,
Vielleicht erbarmt ein Echo sich und bringt
Dein Pfand der Liebe mitleidvoll zu mir!

Sechste Scene.

Ludwig, Lorenzo.

Lorenzo.

Entschuldigt, lieber Freund, daß ich so spät
Dem müden Gaste auf das Zimmer komme.
Es will kein Schlaf in diese Augen mehr,
Seit euer Bild auf ihre Netzhaut fiel.
Wenn sich ein lange unfruchtbarer Baum
Mit reichem Obste plötzlich neu behängt,
Da freut der Gärtner sich und er vergißt
Die Jahre, da sein träges Pflegekind
Mit bloßem Schatten seine Schuld bezahlte.
Mein Leben blüht in neuer Frische auf,
Seit ich des Freundes Edelsinn vernahm.
O! kommt doch näher, daß ich ihn schon jetzt
In seines Sohnes Ebenbild genieße!
Ihr gleicht euch ja wie beide Regenbogen,
Der bläss're Er, der farbenfrische Ihr.

Ludwig.

Und bilde ich mit euren Zügen mir
Ein weibliches Gebilde, so entsteht
Ein Wesen, das ich unaussprechlich liebe.

Lorenzo.

Euch jagt der kleine Amor durch die Welt,
Nehmt Euch in Acht, er foppt die Leute gern.

Ludwig.

Das Schicksal ist's, das diese Rolle mir
Feindselig spielt.

Lorenzo.

  Der Edle duldet;
Denn wenn ein Mensch sich seine inn're Welt
Mit festem Fundamente auferbaut
Und starke Pfeiler sein Gebäude tragen,
Da stürzt entrüstet sich die äuß're Welt
Auf seinen Bau und rüttelt eifrig b'ran,
Und sucht ihn schadenfrohe zu zerstören.
Ihr scheint mir würdig, Vieles zu erdulden.

Ludwig.

Ich hatte sie. Sie war schon mein.

Lorenzo.

  Wer war
Euch Lorenzo, der sie hinweg geführt?
Das Schicksal gleicht dem väterlichen sehr.

Ludwig.

Die Knospe sprang, doch einen großen Dorn
Entblätterte der täuschungsfrohe Kelch.

Lorenzo.
Laßt mich mein Schicksal Euch zuerst erzählen,
Und hänget dann an meine Dornenkette
Die Eurige als letztes Glied!
Ludwig.
     Ich horche.
Lorenzo.
Wir waren mehre Jahre kinderlos,
Da kam mein Weib mit Zwillingen
Von beiderlei Geschlechte endlich nieder.
Wir hingen an dem Paare, wie noch nie
Ein Elternpaar an seinen Kindern hing;
Doch sonderbar, was die Natur so nah
Und zu derselben Zeit entstehen ließ,
War Gegensatz; das größte Widerspiel,
Das sie, die freie, sich noch je erlaubt.
Erziehung kann Contraste nicht zerstören.
So hatte ich zu gleicher Zeit um mich
Den Inbegriff der höchsten Zärtlichkeit,
Die Summe aller trotzigen Vermögen.
Geboren für Seesturm, zum Kapitain
Von einer flaggenscheuen Raubfregatte,
Erlernte er das Lesen nur, weil er,
Was er von Räubern und Corsaren hörte,
Aus Büchern selbst zu schöpfen hoffte.
Milch wird von einem Tropfen Tinte trüb,
Ein wenig Milch macht keine Tinte weiß,
So dachte ich und brachte meine Tochter
In einem Kloster unter, meinen Sohn
Behielt ich bei mir, oder besser noch,
Ließ ich bei sich; denn ihn zu gewöhnen,

War bei so finstrem Sinne unausführbar.
So ging es mehre Jahre fort, als ich,
An einem frühen Morgen aufgeweckt,
Durch großen Lärm der Dienerschaft erfuhr,
Mein Kind sei aus dem Kloster weggeschwunden,
Und alle Mittel der Erforschung sind
Umsonst geblieben bis den heut'gen Tag.
Von solchem Grame kann ein Mutterherz
Genesung nimmer finden; meine Gattin starb.
Mein Sohn jedoch erwuchs; den ganzen Tag
Vom Hause weg, verschwiegen, büster, ernst,
Und kurze Zeit nachher verschwand er auch.
Doch mir nicht unerwartet that er das;
Raubvögel warten nur die Federn ab,
Dann fliegen sie vom Eltern=Neste weg.

Ludwig.

Wenn einer, der die ungefähre Form
Der Blume an den Eisgebilden sah,
Die ihm der Winter an das Fenster steckt,
(Er kennt nicht Farbe, Duft und Glanz,
Noch Bienenlust und Sommervögelflug)
Nun plötzlich einer Centifolie
In's aufgeschoss'ne Antlitz staunend blickt,
Da sieht er erst, daß ihm die Blumenwelt
Bisher so ganz und gar verschlossen war.
So ging es mir. Ich sah die Mädchen an
Und freute mich, wenn eine schöne Form
Sich meines Auges Jagbrevier genaht.
Nicht nur in meines Vaterlandes Flor,
Auch in exot'schen Blüthen machte ich
Mit großem Eifer viele Studien.

Sicilien empfing aus Sturmeshand
Mein Schiff und hier, wo Morgana,
Die holde Fee, die täuschungsfrohe wohnt,
Hier baute mir der Aether einen Bau
(Zur Staffelei ja ohnedieß benützt)
Und wob der Schönheit ganzen Himmel ein,
Den ich, verloren, überall nun suche.
Ich ging am Meeresstrande einsam hin
Und suchte Muscheln auf zum Zeitvertreib.
Da flog im schnellen Fahrzeug uferwärts
Ein Schiffer und in seinen Armen rang
Ein Mädchen, werth, daß selbst die Sonne
Zuvor ihr Feuer läutert, ehe sie
Der Ueberirdischen mit Strahlen naht.
Ich kam, ich sah, ich unterlag. —
Soeben hatte eine selt'ne Perle ich
Aus nichtigem Gehäuse losgelöst;
Verächtlich warf ich sie ins freie Meer
Und suchte mit dem Segel mich zu messen.
Jetzt lenkte es in eine kleine Bucht.
Bald war ich dort. Sie rang nach mir die Arme;
So ringt in harter Hand ein Schmetterling,
Die süße Freiheit seinem Leben flehend.
Ich stürzte mit dem Schwerte auf ihn los,
Dem er sein mächtiges entgegen schwang.
Sie stund, ein Alabasterbild, daneben
Und rief, sie sei kein Blut und Leben werth.
Ich unterlag. Er führte höhnend sie hinweg.
So viel verschonte an Erinnerung
Die Ohnmacht mir; als ich erwacht,

War ich allein und Sehnsucht waltete,
Unendliche, im wunden Herzen mir.

(Ein Diener tritt auf.)

Diener.

Verzeiht, daß ich Euch bringend stören muß.
Es geht die Kunde in der Stadt umher,
Roberto, Euer Sohn, sei angelangt
Und treibe sich verborgen hier herum.

Lorenzo.

Macht Tag! Holt Fackeln! Ich will selber suchen.

(Alle ab.)

Der Vorhang fällt.

Ende des ersten Aufzuges.

Zweiter Aufzug.

Erste Scene.

Zur Rechten eine nach der Stadt führende mit Landhäusern besetzte Straße. Zur Linken ein nach dem Theater hin offener, gegen die Straße zu aber abgesperrter Garten. Im Hintergrunde Florenz. —
Roberto, Pietro.

Pietro.

Der Fall war nicht vorauszusehen, Herr.
Wir waren für Lorenzo stark genug,
Der Deutsche zog die leicht're Schale nieder.

Roberto.

Wär's nicht mein Vater, hätt' ich selbst geholfen.
Es stünde anders jetzt um uns.

Pietro.

      Es schmeckt
Der Tod von einer Klinge ebenso,
Wie von der anderen. Euch werden einst
Die Priester leicht bekehren, wenn ihr sterbt.

Roberto.

Ich bin gewiß ein rauher, stumpfer Mensch,
Doch dazu bin ich noch zu weich.

Pietro.

      Ihr wollt,
Was ihr verzehrt, auf fremde Zeche schreiben.

Roberto.

Vorerst nur jenen Deutschen weggeschafft,
Der wie ein Feuerstein vom Himmel fiel,
Aus jener Wolke, die ich selbst erzeugt,
Um damit meinen Vater zu vernichten!

Pietro.

Ich will im Dunkeln schwarze Pläne sinnen.
Die Wälder haben Nachts unreinen Athem
Und ziehen darum böse Menschen an.

(Ab.)

Roberto.

In meinem Geiste ist die That vollbracht
Und dennoch wagt kein Vorwurf sich heran.
Der Dunst der rothen Flüßigkeit vermag
Nur Luftgebilde für den Thor zu zeugen;
Gekrümmte Spiegel höhnen die Natur
Und brüten todte Mißgeburten aus.
Gerade, ungebeugte Geister sind
Vom Wahne solchen Aberglaubens frei.
Mein Ziel ist höchste Willkühr oder Schmach.
Und sitze ich in Florenz einmal fest,
Der Herr vom großen väterlichen Gute,
Dann geht es schnell zur höchsten Macht empor.
Ich habe meine Flügel schon versucht;
Je höher, desto größ'res leisten sie.

Pietro (bleich zurückkehrend).

Die Unken schreien fürchterlich, ich kann
Vor Schauer an dem Kirchhof nicht vorbei,
Auf meines Vaters Grabe flimmt ein Licht.

Die Luft ist schwül, vom Hauche schwül,
Den böse Geister in sie ausgehaucht.

Roberto.

Wenn du die Teufel fürchtest, mußt du vor
Dir selbst gewaltigen Respekt verspüren.

Pietro.

Der alte Schurke bin ich morgen wieder,
Doch heute setz' ich aus, mir fiel erst ein,
Daß heute meines Vaters Todestag;
Um diese Stunde starb er segnend mich.

Roberto.

Der Segen hat nicht viele Frucht getragen;
Besinne dich, ob er dich nicht verwünscht.

Pietro.

Ich lasse morgen eine Messe lesen, Herr.

Roberto.

Vergesse nicht dem Priester aufzutragen,
Für deiner Seele Seelenheil zu beten.

Pietro.

Von meiner Sterbestunde hoff' ich Alles,
Wir wissen ja, daß sie den größten Trotz
So leicht als wie ein Taschenmesser knickt.

Roberto.

Doch geht es schwerer, wenn viel Blut d'ran hängt.

Pietro.

Erlaubt, es läutet schon zur heil'gen Messe.

(Ab.)

Roberts.

Nur immer gleich! Niemanden steht's mehr an,
Als einem Bösewicht'. Es schnäbelt nie
Der Taubengeier mit der sanften Taube.
Der Tiger spielt mit Antilopen nicht.
Natur verwechseln ist noch widriger,
Als unnatürlich sein. Beschluß sei That,
Gedanke — Werk. So nähern wir uns Gott.
Der Himmel zieht nie seine Wetter mehr
Erbarmungsvoll zurück. Er tödtet stumpf
Und fühllos seine Creatur. Der glaubt,
Bald bös zu sein, bald wieder gut und so
Das Gleichgewicht der Seele zu bewahren.
Wenn über's dunkle Meer die Möve flog,
Bekreuzte er sich schon und duckte sich
Ist der Cajüte bis der Sturm vorbei,
Dann stieg er fluchend auf's Verdeck empor,
Als habe er an einem Lecke sich
Die Nacht durch müd' gepumpt, der feige Kerl.

(Ab.)

Zweite Scene.

Eleonore, nachher zweiter Rathsherr.

Eleonore.

Bist du mein Auge bisher blind gewesen,
Daß dir der Schönheit Macht verborgen blieb?
Hat erst sein Blick des Staares Häutchen mir,

Sein allburchbringender, durchbrochen? Sonst
Beschaute ich die schönen Männer wie
Rubinen, die man an die Schleppe heftet,
Damit sie glänzt und wir durch ihren Glanz.
Doch jetzt erfasse ich der Liebe wahren Werth.
Was nützt ein ungeschliff'ner Edelstein?
Was nützen Sterne, wenn die Bläue fehlt?
Jetzt fühle ich's, wie mir mein Gatte fremd.
Was gab man für ein Stück? Ich weiß nichts mehr
Davon; mein Auge sog sich in ihm fest,
Mein Ohr belauschte seinen Athem nur.
Der Deutsche sprach aus seinem ganzen Wesen.
Vereinsamt stand er da und horchte auf,
Da uns're Männer im Gespräche stets
Den vierten Theil des Vortrags kaum vernahmen.
So sagt man blüht die deutsche Rede auch.
Allein an ihrem Stabe wächst sie fort,
Anstatt die unseren, Gesellschaft liebend,
Sich wo sie können in einander weben.

Rathsherr.

Was führt so spät dich her, da dich doch sonst
Die Mitternacht so selten wachend trifft?

Eleonore.

Mein Auge springt von Neuem immer auf,
Wie eine allzu stark benützte Feder.
Was war der Grund, daß man euch Nachts berief?

Rathsherr.

Des Amtes Würde bringt der Mühen viel.
Ein deutscher Edelmann —

Eleonore (ihn unterbrechend).
          Was ist mit ihm?
Rathsherr.
Du bist besorgt, als sei ich dieser selbst!
Eleonore.
Uns ist die Neugier einmal angeboren;
Ich möchte auch von dieser Sache wissen.
Rathsherr.
Nun der hat einen Ueberfall gemacht
Auf unsern Lorenzo.
Eleonore.
          Seid nicht zu rasch!
Rathsherr.
Du nimmst den Thäter wahrlich sehr in Schutz.
Eleonore.
Das Gastrecht wird nur gar zu leicht verletzt.
Rathsherr.
Verhaftet muß er werden, wo er ist.
Eleonore.
Was sagt Lorenzo?
Rathsherr.
          Wir wollten ihn nicht Nachts
Aus seiner Ruhe stören; er ist alt.
Wir ließen darum ihn nur fragen, ob
Er in Verdacht jemanden habe.
Eleonore.
          Und
Verneinte er's?

Rathsherr.

Er sei verdachtlos, ließ
Er uns erwiedern.

Eleonore
(bei Seite).

Hier ist List am Platze.
(Laut.)
So wißt, leichtgläub'ge Rathsherrn, daß man euch
Betrogen. Wer hat euch so gut bedient?

Rathsherr.

Ein Edelmann.

Eleonore.

Wie nennt er sich bei Namen?

Rathsherr.

Das weiß man nicht; doch daß er Wahrheit sprach
Betheuern Alle, die ihn reden hörten.

Eleonore.

Ihr macht den Dieben das Entwischen leicht.

Rathsherr.

Was gibt dir Grund, betrogen uns zu nennen?

Eleonore
(für sich).

Jetzt gilt's der Lüge Meisterstück zu liefern.
(Laut.)
Lorenzo hat in Deutschland viele Freunde,
Wie dir bekannt. Durch diese hat er nun
Den Herzog bei dem Kaiser angeklagt.
Der Grund mag schrankenloser Ehrgeiz sein.

Der Kaiser aber, eine offene Natur,
Verwarf die heimliche Verdächtigung
Und schickte einen deutschen Edelmann
Nach Florenz ab. Lorenzo, der durch Geld
Zu jedem Dienste Unternehmer findet,
Erfuhr's und ließ auf den Gesendeten
Gedung'ne Mörder los; doch Heldenmuth
Des Deutschen machte ihren Plan zu Nichte.
Jetzt drehen sie die Sache um und sind
Bemüht, ihm ihre Absicht anzudichten.
So steht es, weise Richter, um den Mann.
Zurück zum Rathe! spart die Schande uns,
Kurzsicht'ger Obrigkeit und schlechter Sitte
Geziehn zu werden. Geh', es ist noch Zeit!

Rathsherr.

Ich sinne über deinen klugen Sinn;
Das trägt mir eine gold'ne Kette ein.
Wie werden die Collegen mich beneiden,
Wenn mir der deutsche Kaiser dankend schreibt:
Ihr seid ein Kopf, des Doktorhutes werth,
Und werth, daß er die Reichsgeschäfte führt;
Ich wollte, lieber Freund, ich hätte Euch;
Doch, da es einmal nicht geschehen kann,
So nehmt die fünftausend Dukaten an.

(Ab.)

Eleonore.

So fängt man Karpfen in dem todten Meer'.
Ich wünschte dir, du hättest deine Kette,
Damit der meinigen ich ledig werde,
Die mich gar lästig drückt und niederhält.

Wenn Dorn und Rose auch in der Natur
Gefährten sind, die Ehe schließt sie aus.
Das Gleiche zieht nur Gleiches ewig an.
Ich bin ein Weib, das einen Mann bedarf.
Der Strahl des Brunnens stiege immerfort,
Wenn Luftdruck nicht an seinem Leben nagte.
Und Kraft bedarf der Kraft zur Mäßigung,
Und läßt sie sich aus Sympathie gefallen.
Dir bin ich sicherlich ein zartes Weib;
Wie Zauber wirkt ja deine warme Nähe.
Jetzt will ich deine Rettung fort betreiben;
Nach allen Seiten schick' ich Diener aus,
Daß sie vor der Gefahr dich warnen mögen.
So füge ich zu meiner Liebe ein Verdienst,
Wiewohl es keines gibt, dich zu verdienen.
(Ab.)

Dritte Scene.

Im Garten. — **Bertha, Roberto.**

Roberto.
Du scheinst vorsätzlich alle Liebe mir
Mit Haß und Mißgunst zu erwiedern.
D'rum frag' ich dich zum letzten Male jetzt,
Gedenkst du meinem Willen dich zu fügen?

Bertha.
Wer kann zur Knospe sagen: Knospe brich?
Wer kann dem Herzen einen Trieb befehlen?
Ich haß' Euch nicht, da Niemanden ich hasse,
Doch lieben so aus tiefstem Herzens Grunde
Kann ich Euch niemals.

Roberto.

Hat sich jenes Bild,
Das flüchtige, so tief in's Herz gesenkt,
Daß es kein Mittel mehr zu Tage förbert?

Bertha.

Es hat sich so dem Inneren vermählt,
Daß ich nicht weiß, ob ein Gedanke mir,
Ob ihm er ist. Wie ein verwachs'nes Beet
Ist dieses Herz. Ihr findet zu der Blüthe nicht
Das Blatt, zum Blatte nimmermehr die Wurzel.
Es scheint auf Einer Pflanze gold'nem Leuchter
Erblühe jedes Licht in angestammter Farbe.
Ihr könnt uns nimmer trennen, lieber Freund,
Wir sind vermählt und Niemand kann uns scheiden.

Roberto.

Ist das der Dank für alle meine Sorge,
Daß ich das Leben dir im Sturm gerettet,
Da stolz die See die Wogen aufgezäumt
Und ihre Geister sie, die weißen Schäume,
Ein wildes Heer auf Wasserwolken ritten?
Mein ganzes Leben lebte ich in dir.
Mein Sein verlegte ich in's deinige.
Du wirst statt zweier Flammen Eine seh'n,
Wenn sie der Hauch der Falschheit nimmer stört.

Bertha.

Wenn Ihr mich liebt, so liebet liebevoll!
Erbarmet euch und zeigt Euch einmal groß!
Entlasset mich aus dieser Sklaverei!
Wenn sich ein kleines Handelsschiff euch zeigt,
Da wendet ihr verächtlich weg den Blick.

Ihr raubt nur eine eingeschiffte Ernte,
Den gold'nen Mantel einer reichen Flur,
Und Schätze, die wohl eine Bürgerschaft,
Wenn ihr gelandet, in den Hafen locken.
So haltet es mit mir, ich bin ja arm,
Mitleiden sollte euch mein Anblick wecken.
Ihr nennt euch stets des Meeres freien Sohn.
Erweiset euch als einen freien Mann,
Von keiner schnöden Leidenschaft beherrscht!

Roberto.
Erwarte nicht, daß ich mich selbst bekämpfe
Und Widerspruch in Einer That erkenne.

Bertha.
Ist es ein Widerspruch mit seinem Wesen,
Wenn sich der Blitz in einen See vergräbt
Und seine Flamme in dem Wasser löscht,
Statt daß er einem armen Leben Licht
Und Todesnacht zu gleicher Zeit vermählt?

Roberto.
Du glaubst an deiner Rede heißen Gluth
Mein Herz, mein thränenfeuchtes, zu verkohlen!

Bertha.
O nein! vielmehr es endlich zu erwärmen,
Daß es sich dehne und ihm Mitgefühl,
Von Selbstsucht frei, die edle Gabe werde.

Roberto.
Nicht jeder Baum ist so zu biegen, daß,
Lianen gleich, sein Wipfel Wurzel wird.
Der Kopf läßt sich nicht in das Herz verwandeln.

Bertha.
Doch nährt die Wurzel, was den Wipfel nährt.

Roberto.
Dein Wort ist aus dem Wipfel aufgewachsen,
D'rum trägt es lebensstarke Wurzeln nicht.

Bertha.
Beschenket mich mit dem Geschenke, das
Am theuersten dem Wipfelbürger ist,
Dem Vöglein; Freiheit heißt die süße Gabe!

Roberto.
Die Erde unter deinen Füßen nicht gewohnt,
Bist du unsicher in Gedanken wie
Im Schritt und wankst nach allen Seiten hin.

Bertha.
Der Freiheitstrunk'nen ist's nicht zu verargen.

Roberto.
D'rum laß ich dir jetzt Zeit, zu dir zu kommen.
In einer Stunde bin ich wieder da.
Von deiner Antwort hängt dein Leben ab,
Ob es ein schönes sich gestalten soll,
Ob es in ew'gem Kummer dich versenke.
(Ab.)

Bertha.
Erzwung'ne Braut des freien Sohn's der Meere,
Bekränze dir dein frohes Haupt mit Tang!
Erwählter meines Herzens, ziehe aus,
Mein Herrscher will es. Nicht einmal so groß,
Als sich ein meilenfernes Segel zeigt,

Erscheine mir in der Erinnerung!
Es fülle sich die Bucht, worin du lagst
Vom Schwert getroffen, mit dem Lethestrom,
Daraus ein ewigdichter Nebel steigt,
Der mir den Dulder mit dem Strand' verhüllt!
So hängt ein Schleier über meiner Jugend.
Die Bilder, die der Abentheuer Reihe
In meiner Seele auf einander legt,
Verdunkeln gegenseitig sich und sind
Der Tempelvorhang dunkler Kindheit mir.
Zwar kommt mir hier so Vieles längst bekannt
Und heimisch vor; die Luft, der Himmel, Pflanzen,
Gebäude, Alles spricht mich freundlich an,
Und scheint bekannt und traulich mich zu grüßen.
(Es läutet.)
Ja, dieser Glockenton erinnert mich
An längst verfloß'ne, schöne Tage,
Da ich ein Kind mit vielen Kindern froh
Und weißen Frauen spielte, die gar schön
Und lieblich sangen und das Crucifix
In uns'rem Kirchlein stets mit Blumen schmückten.

(Lorenzo mit einem Fackelträger tritt vor der Gartenmauer auf.)

Lorenzo.

Was läuten sie da drüben in dem Kloster?
Sie fragen in das weite Land hinaus:
Wo weilst du schöner Engel, liebes Kind?
Erkennst du uns'rer Kirche Glöcklein nicht?

Bertha.

O! schließt mich Fromme ein in das Gebet,
Daß ich die Stärke finde in der Noth,

All mein Vertrauen fort auf ihn zu setzen,
Und mein Geschick aus seiner treuen Hand
Getrost als seinen Willen hinzunehmen!
O! walte Vater über deinem Kind,
Dem du auf Erden keinen Vater gabst,
Daß es entfliehe böser Menschen Macht!

Lorenzo.

Unglückliche bestehen überall;
So will es Gott in seinem weisen Plan'.
Dieß Mädchen duldet, jedem Duldenden
Ein Vorbild; möge Gott ihr Kraft gewähren!

Der Vorhang fällt.

Ende des zweiten Aufzuges.

Dritter Aufzug.

Erste Scene.
Rathssaal. — **Rathsherren. Amtsschreiber.**

Erster Rathsherr.
Wozu versammeln wir uns heute Nacht
Zum zweiten Mal'? Fürwahr, nicht angenehm
Ist solche Ruhestörung!

Zweiter Rathsherr.
     Wenn sich's um Reich
Und Fürsten handelt, darf man wohl
Dem Auge Eine Nacht den Schlaf versagen.
Die Gänse haben einst das Capitol
Vor Ueberfall gerettet, und Verrath,
Und sind zum Dank' dafür gemästet worden.
Ich bin begierig, welchen Lohn man mir,
Dem Retter unsers Herzogs, zuerkennt.
Denn wisset, Väter uns'rer Stadt, daß ich,
Dieweil ihr euch in Ruhe habt gewiegt,
Dem Staate nützlich war, wie vorher nie
Ein Unterthan es je gewesen ist.

Amtsschreiber.
Erzählt das Factum.

Erster Rathsherr.
Ruhig, Schreibermaul!

Zweiter Rathsherr.
Wer dachte, daß in dieser stillen Nacht
Der ganze Staat bedroht war durch Verrath?

Rathsherren.
Erzählt! Wir trauen unsern Ohren kaum.

Zweiter Rathsherr.
Als wir die letzte Sitzung aufgehoben,
Ging ich nach Hause voller Zweifel, ob
Auf das Gerede zweier fremder Menschen
Wir ohne weit're Gründe Jemanden
In solche Untersuchung ziehen können.
Da fiel mir ein, es könne Lorenzo,
Mit diesem Deutschen irgendwie verfeindet,
Urheber von dem Ueberfall' gewesen sein,
Den er, mißlungen, nun auf jenen schiebt.
Und da ergab sich denn, daß ich's errathen.

Rathsherren.
Durch wen?

Zweiter Rathsherr.
Ei nun durch Sie.

Rathsherren.
Durch welche Sie?

Zweiter Rathsherr.
(verlegen).
Durch Briefe.

Rathsherren.
Briefe? sprechet deutlicher!

Zweiter Rathsherr.
(bei Seite).
Da habe ich mich bös hineingeschwätzt.
(Laut.)
Nun deutsche Briefe, oder besser noch,
Aus Deutschland zugeschickte Briefe sind's.

Rathsherren.
Was sagen die?

Zweiter Rathsherr.
Lorenzo sei der Feind
Des Herzogs und er wolle ihn vernichten.

Rathsherren.
Wie? das enthalten sie? Lorenzo Feind?

Zweiter Rathsherr.
So ist's; ich werde es genau beweisen.

Rathsherren.
Noch heute Nacht muß er verhaftet werden.

Erster Rathsherr.
Der hohe Rath beschließt, Lorenzo sei,
Wo er betreten wird, zur Haft zu bringen.

Zweiter Rathsherr.
Was ich gethan, war meine Schuldigkeit,
Und wären alle Bürger so bedacht,
Es würde nie ein Staat zu Grunde geh'n.
Des Herzogs und der Florentiner Dank
Wird ihr die Stelle des Verdienstes geben.
Doch sei es auch, daß mir die ganze Welt,

Daß Deutschlands Kaiser selbst mir Achtung zollt,
Ich werde im Bewußtsein, meine Pflicht
Als treuer Unterthan erfüllt zu haben,
Den schönsten Lohn für meine Mühe finden.
Amtsschreiber.
Fürwahr ich bin gerührt. Wir gratuliren.

Zweite Scene.
Ort, derselbe wie im zweiten Aufzuge. — Pietro, dann Herrmann.
Pietro.
Die Kirchenluft ist unerträglich mir.
Wenn andern Leuten sich der Himmel naht,
Naht mir die Hölle. Solche Frömmigkeit
Mit anzuseh'n, beraubt der Sinne mich.
Mir wird das Leben mehr und mehr zur Qual.
Ich glaub' s'ist gut, wenn ich zur Ruhe gehe.
Im Walde such' ich einen Baum mir aus
Und knüpf' mich daran auf. Dann müssen sie
Doch wenigstens gesteh'n, ich habe mich
Im Tode über diese Welt erhoben
Und auf ihr Treiben hoch herabgeschaut,
Für lose Vögel eine Vogelscheuche.
Geh', komm' unruh'ger Leib, ich häng' dich auf!
(Ab.)
Herrmann.
Sei mir gegrüßt, Florenz, in deiner Pracht!
Du schließt in gold'nen Häusern Bürger ein,
So treu wie Gold und eisenstark in Noth,
Wie sie die Zeit gebiert, die wandelnde.

Du schließt in gold'nem Haus den Freund mir ein,
Den Gott beschirmen möge für und für.
Und seinem Segen sei Lorenzo's Haus
Zu steter Einkehr das erwünschteste.
Er schütze deiner Kinder holden Kreis!
Wie Alpenrosen auf des Lebens Gipfel
Dem lockenkahlen Alter, blühen sie!
Und Bertha, Melodie der Jugendzeit,
Erinnerung an ihre Gluth und Fülle,
Votivgemälde meiner Leidenschaft,
Ich will dich, Theure, glücklich seh'n,
Damit mein Auge, wenn es sich von Scham
Erholt, an deinem Glücke sich erfreut. —
Es hat mein Leib das Alter abgelegt,
Seit ich mich Florenz nahe und mein Schritt
Ist so, daß jugendlichen Ganges Spur,
Wär' sie verschont, dem Greisen dienen könnte.

(Sonnenaufgang.)

Mein schönster Tag steigt mit der Sonne auf;
Mir folgt des reichen Lebens lange Kette
Von Leid und Freud, ein schöner Frauenchor,
Gesenkte Häupter und erhobene,
Geordnet, wie sie Jahr für Jahr gebracht.
Mein Lebensengel für die Vorderste,
Und legt mir ihre Hand in meine Hand,
Daß ich dem Freunde ihre Folge zeige
Und ihm mein Leben rückhaltlos erschließe. —

(Ab).

Dritte Scene.
Bertha.

Bertha
(im Garten).

Die Blumenkelche sind mit Thau gefüllt,
Sie deuten Segen, doch ein Mehlthau ist's,
Was meinen thränenmüden Blick bewohnt.
Die Sterne welken, wenn die Nacht vorbei,
Doch blühen sie am Abend wieder auf
Und Alles freut der süßen Hoffnung sich.
Nur mir ist jeder Tag ein Einerlei,
Der Grille gleich, die Einen Ton nur hat,
Den unermüdet sie zum Liede spinnt.
Erträglich war es noch, da mir das Meer
In seinen Launen reichen Wechsel bot,
Bald hoher Wogengang, Gewitter, Sturm,
Bald Klippennoth, Untiefen, Meeresstille;
In seinem ganzen Sein ein Bild der Seele.
Piratenleben bringt des Wechsels viel:
Bald Furcht und Noth, bald Stolz und Uebermuth.
Auf freiem Meere Knechtschaft zu bereiten,
Und in der Elemente bösen Bund
Ein Neues einzuweben trachten sie,
Beweglich, wie der Boden, der sie trägt,
Der ewig wechselnd, ewig gleich sich bleibt.
Das Meer macht diesen bös und jenen fromm.
Mir nährte es den Glauben und den Muth,
Mein Schicksal unverdrossen zu ertragen.
Ihm stählte es den lieblosen Sinn
Und mit den Stürmen wuchs sein Uebermuth.

Bei ihm ist Liebe blinde Leidenschaft,
Die mit der Macht der Hindernisse steigt,
Der Woge gleich, die in dem Kampfe wächst,
Der zwischen ihr und Klippen sich entspinnt.
In stillen Wassern blüht die Lilie,
Doch nicht in ewig aufgeregter See;
Wo nur die starken Anker Wurzel schlagen,
Da können zarte Stengel nicht gedeih'n.

Vierte Scene.
Bertha. Ludwig.

Ludwig.

Magie der Stimme, solcher Wohlklang zieht
Unwiderstehlich nach der Quelle hin!
(Sie erblickend.)
Musik des Auges, göttliche Gestalt,
Du bannst die Blicke und bezauberst sie.

Bertha.

Ist es ein Traumbild, das mir täuschend naht,
Gewohnt die Morgenstunden einzuhalten?
Vermag die Sehnsucht schöpferisch zu werden,
Daß sie beschämt die schaffende Natur?

Ludwig.
Sie ist's!

Bertha.
Der süße Traum wird wahr, er lebt.
(er sinkt ihr zu Füssen).

Ludwig.
Sei sparsam mit dem Segen deiner Blicke!
Erliegen müßt' ich ihrer Allgewalt.

Bertha.
Und deiner heil'gen Nähe Zaubermacht
Wirkt freudetödtend auf mein frohes Herz.

Ludwig.
Magie der Liebe! Wunderbare Kraft,
Die Herz zu Herz wie Stern zu Sternen zieht!

Bertha.
Ein Blick genügte, ewig dich zu lieben.

Ludwig.
Der Sonnenstrahl ist gegen Liebe lahm.

Bertha.
Und gegen ihre heißen Gluthen kalt.

Ludwig.
Mit jedem ihrer reinen Strahlen sinkt
Ein Frühling in das Herz und wärmt es aus.

Bertha.
O! daß wir nimmermehr geschieden würden!

Ludwig.
Mich bringt kein Gott aus deiner Nähe weg.

Bertha.
Ich bin des freien Sohn's der Meere Braut.

Ludwig.
Die Liebe kann nicht doppelzüngig sein.

Bertha.
Wir sind ohnmächtig gegen das Geschick.

Ludwig.
Das Herz ist frei und duldet keinen Zwang.

Bertha.
Entfliehe eilig, mein Gebieter naht!

Ludwig.
Dein Retter sorgt für dich; sei ohne Furcht!

Bertha.
Vermeide wegen mir den blut'gen Kampf
Und laß des Schicksal's starken Willen walten!

Ludwig.
Ich will sein streitender Vollzieher sein.

Bertha.
Der Gute unterliegt dem Bösen leicht;
Vermeide einen schon entschied'nen Streit

Ludwig.
Nicht freier Wille herrscht wo Pflicht gebeut.

Bertha.
Ich bin an Drangsale und Noth gewöhnt.

Ludwig.
Der Freiheit soll sich jedes Wesen freuen.

Bertha.
Wenn jemand sie entbehren kann, bin ich's.

Ludwig.
Doch dich entbehren ist mir mehr als Tod.

Bertha.

Was fragt die welke Blüthe noch nach Thau?
Verlaße mich und häufe nicht die Schuld
An beinem Unglück auf die Seele mir!
Ich will dich lieben, auch von dir getrennt,
Und der Gedanke, daß du glücklich bist,
Soll mir mein Schicksal leicht und duldsam machen.
So löst in dir mein ganzes Sein sich auf.
Laß ein Magnet mich dir, dem Pole, sein!
Dem Meere angetraut beharre ich
Im Sturme wie in tiefster Meeresstille
Im Angedenken deiner Herrlichkeit.
Entweihe nicht mein vorwurfsfreies Herz;
Es ist das Einzige, was mir noch blieb.
Sei mir der blaue Himmel, der zuweilen
Mich aus dem Wolken=Einerlei begrüßt!
Du rettest mich nur durch des Gegners Tod,
Der mir mit Leidenschaft ergeben ist,
Mit einer Gluth, die ihm das Herz versengt,
Und Mitleid meinem Herzen auferlegt.
Soll sich mein Glück auf fremdes Unglück gründen?
Darf ich zum Frevel deinen Arm bewaffnen,
Damit ich steige durch des Andern Fall?

Ludwig.

Erst hielt mich deiner Schönheit Allmacht fest,
Jetzt bannt mich deiner Hoheit Herrschermacht.
Ein Zauber löst den andern ab und zieht
Mich enger an dein großes Herz heran.
Bewunderung gesellt zur Liebe sich,
Und immer stärker werden meine Bande.

Mit jedem Blicke schwebt ein neuer Reiz,
Gekrönt, aus deiner Wohlgestalt hervor
Und facht mit seinen Flügeln meine Gluth.
Mein Auge sieht an deinem Aug' sich blind
Und sucht in seinem Himmel Unterkunft.
Es strahlt auf deine Worte Sternenlicht
Und wandelt sie in gold'ne Laute um.
Wie groß bist du in deinem Mißgeschick!
Dein Haß ist Liebe und dein Grollen Gunst.
Dem Feinde selbst, dem unversöhnlichen,
Bewahrst im Busen du ein Mitgefühl.
Doch wenn ich dir gestehe, daß ich nur
In deinem Wohlergehen meines finde,
Daß mir der ganze Sternenhimmel kahl
Und ausgebrannt erscheint, wenn ich dich nicht
Als milden Morgenstern darin gewahre,
Und daß mein Leben ohne dich der Tod,
Ja mehr als Tod noch, daß es Hölle ist,
Dann wirst du mir erlauben, daß mein Schwert
Den dornenvollen Zaun durchbrechen darf,
Der den Genuß der Freiheit dir entzieht.
Du hältst mein Lebensschiff bezaubernd fest,
Wie ein Magnet, der tief im Meere haucht
Und mit dem Hauche flücht'ge Schiffe fängt.
Entscheide, ob mein Leben wolkenlos,
Ob es ein ewiges Gewitter sei!
Du bist die Sonne, ich bin nur dein Mond;
Je stärk'res Licht aus deinem Körper fließt,
Desto erleuchteter ist dein Trabant.

Bertha.

Es gibt nur einen Weg für mich, die Flucht.
Gelingt sie ohne Blutvergießen mir,
So bin ich frei und meiner Freiheit froh.
Doch endigt sie mit meines Feindes Tod,
Dann bin ich frei und meiner Freiheit gram.
Besinne dich, wie weit du gehen kannst!
Doch bist zu meiner Rettung du bereit,
So sei es bald; denn seine Laune treibt
Ihn rasch an einen andern Ort. An's Meer
Gewöhnt, ist Aufenthalt ein lästig Ding.
Den Wechsel hat er nöthig und sein Blick
Ist nur der flüchtigen Umgebung hold.

Ludwig.

Ich eile fort und rüste mich sogleich
Zu deiner Flucht; ein Fremdling bin ich hier
Und in des Gastfreund's Wohnung möchte ich
Als neuen Gast dich nur geladen bringen.
Erwarte mich und halte ihn durch List,
Wenn deiner Unschuld dieses Wort bekannt,
Falls er dir nahen sollte, ab von dir!

Bertha.

Mir ahnt, es endet Alles schlimm für uns.

Ludwig.

Vertraue Ihm, Er wird es weise lenken.
Die Liebe kennt kein Hinderniß; sie stößt
Die Erde unter ihren Füßen siegreich weg
Und schwingt sich in des Himmels Herrlichkeit.

(Ab.)

Bertha.

Die schönsten Blumen blühen auf dem Grab'
Und Hoffnungslose hoffen immer gern.
Die Täuschung selbst treibt mit dem Elend Spott.
Befreiung, Rettung lauten ihre Worte,
Womit die Hoffnung neckt, die tückische.
Doch was mißtraue ich in einem fort,
Vielleicht betritt das Schicksal neue Wege
Und führt mich aus der Steppe in die Flur,
Aus Fluch in Segen; was berechtigt mich,
An meinem Gotte sündhaft zu verzweifeln?
Er ist die Liebe ja und Liebe ist's,
Was meinem Leben jetzt zu Hülfe eilt.
So ist er selbst mein Retter in der Noth.
Weiß denn das Sonnenlicht, wenn es noch fern
Der Erde, was es auf ihr finden wird?
Daß Blumenkelche auf sein Kommen warten,
Daß es den Traubensaft zu kochen hat;
Daß es die Vöglein auferwecken muß
Und über tausend Leben leuchtend strahlen?
Mein Schicksal liegt in einer guten Hand,
Und Alles kann sich noch zum Besten wenden.

(Der Vorhang fällt.)

Ende des dritten Aufzuges.

Vierter Aufzug.

Erste Scene.
Ort, derselbe wie im zweiten Aufzuge. — Eleonore.

Eleonore.
Gar mancher Plan ist schon in mir gescheitert.
Mein Inn're liegt wie eines Meeres Grund
Voll Trümmern, doch auch mancher schöner Schatz
Verbirgt sich in dem tiefen Aufenthalt'.
Der schönsten einer ist mein letzter Plan,
Wie ich den Gatten gegen sich gereizt,
Daß er aus Liebe sich unsinnig haßt.
Es thut's statt einer gold'nen Kette wohl
Auch eine eiserne, die durch Gewicht ersetzt,
Was ihr an Werth gebricht. Ich hasse dich.
Natur verbietet unsern tollen Bund.
Wenn ich wie Sommermittagsgluthen heiß,
Bist du so kalt, wie ein Dezemberregen.
Sonst war ich dir nur abgeneigt, doch jetzt,
Da meines Herzens Eine Seite liebt,
Hat in die And're dir Gehörende
Sich aller Haß und Groll zurückgezogen. —
Schon graut der Tag und uns're grauen Väter
Berathen noch, erschreckt durch Weiberlist.

Wohlan ich will die letzten Haare dir,
Worin noch Rest der welken Jugend sitzt,
Mit weißem Zucker gänzlich überstreuen.
Ich breche selber zum Gerichte auf.
(Ab.)

Zweite Scene.

Herrmann. Gerichtspersonen und Bewaffnete.

Richter.

Ihr seid ein deutscher Edelmann?

Herrmann.

Ich bin's.

Richter.

Ihr seid im Namen des Gericht's verhaftet.
Ergreift ihn!

Herrmann.

Was berechtigt euch dazu?

Richter.

Darüber fragt das Tribunal, dem ich
Als willenloses Werkzeug angehöre.
Ich frage nie warum, nur wann und wo?
Gehorsam übe ich, und meine Pflicht
Stößt nie an meine Neigung feindlich an.

Amtsschreiber.

Wenn ich euch declariren soll, warum
Wir euch verhaftet, nun so wisset denn,
Ihr seid derselbe unbekannte Mann,
Den wir seit einer vollen Stunde suchen!

Herrmann.

Bin zu entsprung'nen Tollen ich gerathen?

Amtsschreiber.

Ihr mehrt nur durch Injurien eure Schuld,
Statt daß ihr reuig bepreciren thut.

Herrmann.

Ich folge euch und ford're für den Hohn,
Den ihr geboten, mir Genugthuung.

Amtsschreiber.

Das ist zu stark, ein crimen caputis
Begangen haben und noch so zu sprechen!

(Alle ab.)

Dritte Scene.

(Im Garten) **Bertha, dann Ludwig.**

Bertha.

Wo mag er weilen? Purpurn steigt der Tag
Die gold'nen Thronesstufen schon herauf,
Und nimmt entgegen Aller Huldigung.
Bald kehrt mein Peiniger hieher zurück
Und öffnet seines Grolles Abgrund mir,
Der tief wie meiner Liebe Himmel ist.
Erscheine Retter, wenn du retten willst!
Die Ebbe stirbt im Arm' der nahen Fluth
Und keine Macht vernichtet ihren Sieg.

Ludwig.

Besorgt ist Alles.

Bertha.

Nun, so laßt uns flieh'n!

Ludwig.

Was schwärzt der Bäume Schatten dort
Und gibt ihm Umriß menschlicher Gestalt?

Bertha.

Er ist's! Wir sind verloren! Fliehe fort!

Ludwig.

Mich zieht es ihm entgegen und mein Schwert
Hüpft in der Scheide wie mein Herz im Busen.

Bertha.

Vermeide ihn und fliehe weg von mir!
Erbarme meiner heißen Bitte dich!

Ludwig.

Der Liebe Anker hält mich, Liebste, fest.
Ich bin dein Schild und weiche nicht von dir.

Bertha.

Erbarme dich, du bist sonst so weich.
Hat sich dein zornig Herz in Stein verwandelt?
Jetzt blickt er her, er lacht und wankt vor Wuth.
Weh' mir, ein schlimmer Tag ist angebrochen.

Vierte Scene.
Die Vorigen. Roberto.

Roberto.

Wer steht bei meiner Braut?

Ludwig.
              Ihr Schatten ist's,
Wenn anders solches Licht noch Schatten zeugt.
Roberto.
Ich kenne Euch.
Ludwig.
              Das soll erst jetzt gescheh'n.
Bertha.
Vermeidet Freunde einen blut'gen Kampf!
Roberto.
Dir steckt der Ausgang in den Gliedern schon.
Nicht beinetwegen mag er sich entspinnen,
Der Kampf um Dirnen ist ja frevelhaft,
Nein, weil mein rasches Blut Bewegung braucht
Und deine Adern Aderlaß bedürfen,
Wenn anders Furcht sie nicht entzündet hat.
Ludwig
       (zieht das Schwert).
Das beste Mittel gegen Uebermuth
Ist eine gut geführte Klinge — seht!
       (Sie fechten).
Bertha.
Erbarme Gott dich und beschütze ihn!
       (Ludwig fällt).
O! großer Gott, wann hab ich das verschuldet!
       (Sinkt in Ohnmacht).

Roberto
(zu Ludwig gewendet).

Der Brunnen gibt kein Wasser mehr und lockt
Kein Mädchen mehr in seinen Schattenkreis,
Daß es den Tag verschwätzt bei seinem Krug.
Doch muß ich ihm noch eine Quelle bohren;
Denn vielfach Leben haust in diesem Leib,
Eidechsen gleich sind seine Lebensgeister.
Du warst schon einmal todt und lebtest auf.
Die Seeluft blies den schwachen Funken an
Und beine Seele schlich in ihren Sitz zurück.
Da stirb noch einmal, daß du wirklich stirbst.
(Versetzt ihm noch einen Stich, hierauf zu Bertha gewendet:)
Das Schlinggewächse sterbe mit dem Baum,
Um den im Leben es gekrochen ist.
Dem Buhlen folgt die treue Bajadere
Mit in die Flammen, beß'rer Tod fürwahr
Für feige Männer, als ein Degenstich.
Dein Athem that vernünftig zu erlöschen,
Denn giftig ist sein falscher Hauch gewesen.
Und beine Reize hätten lange schon
Aus Grabesblumen auferblühen sollen,
Wofern ein ehrlich Grab dir Großmuth schenkt.
Jetzt wär ein Meerbegräbniß an der Stelle;
An deines Buhlen Rücken fest gebunden,
An Brettes statt, empfinge dich die See,
Und ihre Fische könnten einmal auch
Den Sarg zum Frühstück mit hinunterspeisen.
(Sie schlägt die Augen auf.)
Die Tiefe hat doch keine Sterne sonst,
Da aber blinken zwei zu mir herauf,

Zwei Brudersterne, die, am Firmament
Erschienen sie, die Nacht dem Tag verriethen.
Du treues, falsches Auge, Hölle jetzt,
Jetzt wieder Himmel, voller arger Kunst,
So tief, daß meines Blickes Senkblei nicht
Zum blauen Grunde niederfahren kann,
So rein, wie Aether über Bergen schwimmt.
Johanniswürmchen blühst in Blüthen du;
Nur nicht wie And're kalt, brennst du vielmehr,
Daß irb'sches Licht sich dir nicht messen kann.
(Sie regt sich.)
Der Tod schickt sie aus seinem Reich zurück.
Er sagt: Die Blüthe blüht mir noch zu schön,
Ich kann nicht fühllos ihren Leib zerstören.
Ja schön bist du, ein Frühling wohnt in dir,
Den nur verbund'nen Aug's der Tod entseelt.
Das Meer ist groß, wenn es in Purpur glüht,
Doch gegen deine Schönheit welker Schaum.
Und meine Liebe blüht wie Phosphorlicht.
Mein Haß ist Oel der unbeugsamen Gluth.
(Sie erhebt sich.)
Du hassenswürdiges Geschöpf, wie schön
Und lieblich bist du und wie häßlich auch!
Wie ist es möglich, daß ein solches Licht
Aus schwarzer Seele in die Augen fließt,
Und daß die Larve mehr Natur enthält;
Als die Natur, die wahrheitstreue, selbst?

Bertha.

Ich frag' dich, lügenscheue Wirklichkeit,
Ist es ein Traum, daß er getödtet ist?
Geschah die That im Reich der Seele nur,

Die bloß mit ätherleichten Bildern spielt?
Geschah sie im Gebiete deiner Macht,
Wo Blut nicht Luft und Leib nicht Aether ist?
Wo, was geschieht, kein Gott verändern kann?
Wo Tod dem Leben die Gefangenen
Nicht mehr auslöst, wo Alles ehern ist?
Der Traum ist grausam, aber schrecklicher
Ist deine Laune, finst're Wirklichkeit,
Und wehe, wem du nicht gewogen bist.
Der dort ist todt, den hat die Wirklichkeit
Zermalmt und keine Macht errettet ihn.
Er ist's. Ermordet, wie ich es geträumt!
Doch solchen schwarzen Mörder sah ich nicht,
Wie er vor mir dasteht, der Scheußliche;
So weit ist schöpferische Phantasie
Noch nicht gelangt in ihrer schwarzen Kunst.
Du finst'rer Mann, was that der Arme dir,
Daß du das süße Leben ihm geraubt?
Und mir erhielt'st mein Leben du, nachdem
Du mir zuvor mein Leben weggenommen?

Roberto.

Wir wollen auf das wilde Meer zurück,
Zu Sturm und Noth und Klippenkampf;
Da lasse ich ihm eine Messe lesen.
Die Wogen orgeln uns ein Lied dazu
Und wir bekreuzen uns mit Weihewasser,
Aus heil'ger, schaumbedeckter, toller Fluth!

Bertha.

O! laß' mich hier bei diesem Todten weilen,
Daß ich die Flucht der Wärme hemmen kann,
Die überall aus seinen Gliedern flieht!

Roberto.

Zum Meere fort, es naht ein großer Sturm,
Er ladet uns zu Gast, der Freundliche!

Bertha.

Erbarmen! Hülfe! Himmel rette mich,
Er will von meinem todten Leben mich
Durch zweifache Ermordung tückisch trennen.
Erbarmen! Himmel bist du denn von Stein,
Daß keine Klag' durch dein Gewölbe dringt?

(Er zieht sie mit sich aus dem Garten fort.)

Fünfte Scene.

Lorenzo gefangen. Gerichtspersonen. Bertha. Roberto. Neugierige aus dem Volke.

Bertha.

Erbarmen! Menschen habt ihr kein Gefühl?
Ihr übt doch sonst Gerechtigkeit, warum
Verdiene ich nicht eure Hilfe auch?

Roberto.

Ich habe ihren Buhlen todt gestochen
Und rühme mich als Thäter solcher That.

Lorenzo.

Das Unglück fühlt sich von mir angezogen.
Wo Wolken sind, da sammeln gern' sich mehr.

Richter.
(Zu Roberto und Bertha gewendet.)
Ihr folgt zum hohen Tribunale mir!
(Bewaffnete umgeben sie.)

Lorenzo.
Ich will mich erst noch fragen, ob ich will.

Richter.
Erlaßt Euch diese Frage lieber Herr!
Wir lassen nicht wie Krämer mit uns handeln.

Neugierige aus dem Volke.
Alle.
Lorenzo?

Erster Bürger.
Was beging der brave Mann?

Zweiter Bürger.
Das weiß kein Mensch, der Rath ließ ihn verhaften.

Dritter Bürger.
Das hält sein Stolz nicht aus; seht wie er wankt!

Vierter Bürger.
Er dauert mich, der alte, gute Herr.

Fünfter Bürger.
Wir wollen ihn befreien, Leute kommt!

Alle.
Laßt ihn los!

Richter.

Wir gebieten Ruhe euch!

Alle.

Laßt ihn los, sonst greifen wir euch an.

Lorenzo.

Beruhigt euch ihr lieben Leute jetzt
Und laßt den Willen des Gesetzes walten!
Es ist gerecht, wenn es die Richter sind,
Und grausam macht es nur der böse Richter.
Ich danke euch für euer Mitgefühl.
O! wären alle Menschen gut, wie ihr es seid!
Ich danke noch einmal ihr braven Leute.

Richter.

Hinweg!

Alle.

Lorenzo lebe hoch! hoch! hoch!

Erster Bürger.

Wie schön ist sie.

Zweiter Bürger.

Die kann nicht böse sein.

Dritter Bürger.

Doch dem Begleiter trau' ich Alles zu.

Vierter Bürger.

Der hat ein finsteres Gemüth.

Fünfter Bürger.

Sie weint.
Das arme Kind, es dauert in der Seele mich!
Wie schuldlos sieht es aus und engelrein!

Bertha.

Mich jammert dieses Greisen traurig Loos.
Die Würde aber hebt mein Herz empor,
Womit er ruhig sein Geschick erträgt.
Ein langes Leben bringt der Leiden viel
Und lehrt im tiefsten Schmerze uns verstummen.

Lorenzo.

Auf meinem dornenvollen Pfade schlägt
Noch eine Rose lieblich ihre Augen auf.
Du führst mich, Morgenstern, nicht in den Tag,
Dein Licht begleitet mich in Kerkernacht,
Daraus ich nimmermehr mich retten kann.
Du bist ein Engel, mir zum Trost' gesellt,
Daß du an's dunkle Grab mir leuchten sollst.
So zeige mir den Weg zum stillen Grab,
Mein müder Leib sehnt sich gar sehr darnach.
Ich lebte gramvoll, um im Gram zu sterben.
Der Tod ist mir ein sehr willkomm'ner Freund,
So lieb als Herrmann, der von ferne her
Mein letztes Elend anzusehen kommt.

Bertha.

Wie seid ihr Schicksalsmächte hart gesinnt!
Erfreut euch dieser ew'ge Jammerchor,
Der tausendstimmig nach dem Himmel hallt?

Und könnte nicht die arme Welt besteh'n
Mit einem Theil' des Jammers, den ihr zeugt?
(Alle ab.)

Sechste Scene.

(Gefängniß, durch eine Wand getheilt. — Herrmann, Lorenzo, jeder in einem Theile desselben.

Herrmann.

Am Ziele meiner langen Reise angelangt,
Im Angesichte aller Herrlichkeit,
Beraubt man meiner vollen Freiheit mich
Und läßt den Kerker meinen Gastfreund sein.
Was wirst du von dem Freund', Lorenzo, denken,
Wenn man dich ihn hier zu besuchen ruft
Und Ketten ihm den schnellen Gang verwehren,
Womit sich lang' entfernte Freunde nah'n?

Lorenzo.

Der lieben Sonne muß ich hier entsagen;
Denn daß ihr reines Licht sich frevelhaft
In diesem Grabgewölbe je befleckt,
Ist schon zu denken eine schwere Sünde.
Hier also ist mein künft'ger Aufenthalt.
In grauer Spinnen feine Netze blickt
Mein Auge überall und vielleicht muß
Es sich im Jammer steter Einsamkeit
In diese Thierchen noch einmal verlieben.
So ganz allein! Wie macht schon der Gedanke
An Einsamkeit den ganzen Körper beben!

Herrmann.

Ich höre einer nahen Stimme Laut.
Ist dieser Boden weithin aufgewühlt,
Daß er der Jammervollen Viele birgt?
Da lob' ich mir das gutgesinnte Meer,
In Freiheit leben seine Bürger da,
Wo in der Erde in derselben Tiefe
Nur Kerker oder Gräber sich verbreiten.

Lorenzo.

Das Ohr blieb treuer als das Auge mir;
Es dient der Seele auch im Unglück fort.
Daneben grabt mit scharfem Vorwurfsworte
Ein Bergmann, in die Grube eingesperrt,
Den bösen Wettern mühsam zu entflieh'n.
Die Mühe hilft dich Nichts, mein lieber Freund,
Das Schicksal ändert am Beschlusse nichts.

Herrmann.

Wer bist du, der mich ganz verloren nennt?

Lorenzo.

Ein Freund, den Noth und Elend dir geworben.

Herrmann.

O! sprich recht oft; denn deine Stimme klingt
So süß und weckt Erinnerung in mir
An Tage, wo ich froh und glücklich war.

Lorenzo.

Dein Wort ist Nachklang meiner Jugend mir
Und ruft mir schöne Stunden in das Herz.

Herrmann.

Das Unglück macht uns jedes Zeichen werth,
Das aus beglückten Zeiten sich erhielt.

Lorenzo.

Du machst in diesem engen Raum mein Herz
So weit, daß es die ganze Welt umfaßt.

Herrmann.

Dein Ton ist wie der Ton der Lerche, süß,
Wenn sie der Sonne reines Licht verkündet.

Lorenzo.

Es rauscht um mich, wie einst der Baum gerauscht,
Darunter ich der Jugend Träume schlief.

Herrmann.

Bist du nicht Lorenzo?

Lorenzo.

    Ruft mir nicht Herrmann?

Herrmann.

O! Wände spaltet euch und laßt mich durch,
Daß ich den alten Freund umarmen kann.

Lorenzo.

Wie ist es jetzt in meinem Kerker licht und schön!
Die Sonne strahlt aus blauem Himmel her
Und breitet durch des Fensters Oeffnung mir
Zu Füßen einen lichten Teppich aus.
Die Wände sind mit Bildern reich geschmückt,
Erinnerungen an die Jugendzeit,

Und Blumen sprießen aus dem Boden auf,
Und ranken um das Bretterbett empor,
Mit süßem Wohlgeruch den Kerker füllend.

Herrmann.

Jetzt weicht die Wand, ich sehe wanken sie,
Und dich nach meinem Busen weinend stürzen.

Lorenzo.

O! schmiege nahe dich an sie, wiewohl
Die Feindliche es nicht verdienen mag,
Damit wir uns so nah' als möglich sind.

Herrmann.

Jetzt bin ich gerne hier und möchte nicht
Dir ferne im bequemen Hause wohnen.

Lorenzo.

O sänke diese Wand minutenlang
Erbarmungsvoll hinab und ließe uns
Umarmung in den alten Armen finden!

Herrmann.

(Mit den Kettenkugeln gegen die Wand stoßend.)

Entweiche Hinderniß der höchsten Lust,
Sonst tödt' ich Schicksal dir die harte Brust.

(Der Vorhang fällt.)

Ende des vierten Aufzuges.

Fünfter Aufzug.

Erste Scene.

Gefängniß. — Bertha, Roberto, dann Richter und Bewaffnete.

Bertha.

Mir ist es lieber hier in dieser Gruft,
Als oben wandelnd in dem Sonnenlichte.
Mein Auge braucht's nicht mehr, es hat nur Thränen,
Dem ew'gen Schmerze dienend, zu erzeugen.
Die Welt ist todt für mich, da er gestorben,
Der jeden Gegenstand der Welt beseelt.
Dem todten Auge folgt ein todter Mund;
Ich lerne jetzt im tiefsten Schmerz verstummen.

Roberto.

Die Wogen schweigen öde über mir
Und machen der Cajüte Raum zum Grab'.
So ruhig war das große Meer noch nie
Und schweren Sturm bedeutet seine Stille.

Bertha.

Im Wahnsinn endet seine Leidenschaft.
In seinem Auge glüht unheimlich Feuer;
Es naht die Sühnung seiner Missethat.

Roberto.

Wenn wild einmal das ganze Meer erbraust
Und grüne Berge aus der Tiefe steigen,
Und Nacht den ganzen Raum umschlossen hält,
Dann führ' ich dich zum frohen Brautbett hin,
Begleitet von der Blitze Fackeltanz
Und von der Wogen frohem Hochzeitlied'.

Bertha.

Sein Wahnsinn artet aus in tolle Wuth.
Weh' mir, die seiner Willkühr preisgegeben!

Roberto.

Hörst du, der Sturm ist da, das Fest ist nah',
Wir können sorglos uns're Hochzeit halten.
(Erfaßt Bertha.)

Bertha.

Weh' mir, dem Opfer solcher Leidenschaft!

Richter.
(eintretend mit Bewaffneten.)

Ihr seid von hier einstweilen abzuführen.
Vermuthung herrscht, daß eure Frevelthat
Mit einer größern noch zusammenhängt,
Denn wechselseitig schützen Böse sich,
Geleitet von gemeinsamem Impuls.

Bertha.

Dem Himmel Dank, daß ich der Hand entkomme,
Die Wahnsinn zum Verbrechen aufgereizt!
(Bertha und Roberto werden abgeführt.)

Zweite Scene.

Richter. Rathsherren. Amtsschreiber. Bewaffnete.

Erster Rathsherr.

Der Missethaten zeugte viel die Nacht.
Ein Mord geschah und dieser steht vielleicht
Mit jenem Frevel im Zusammenhang.

Amtsschreiber.

Complott! Complott! ich hab' es gleich gesagt;
Bald kann man nach dem Rathe nicht mehr geh'n,
Wenn nicht Soldatenvolk die Wege schützt.
Ich sah es lange schon voraus. Umsonst!
Ach! horribile dictu, Hochverrath!

Zweiter Rathsherr

Wie ich gesagt, so kommt es ganz genau.
Ich habe guten Wind. Mit Gottes Schutz
Gedenke ich es anders noch zu wenden,
Wofern ihr meiner Weisheit euch vertraut.

Erster Rathsherr.

Wir rühmen uns derselben Thätigkeit
Und wissen unsern Antheil zu bewahren.

Dritte Scene.

Die Vorigen. Herrmann, von Bewaffneten vorgeführt.

Erster Rathsherr.

Ein Anschlag auf des Herzogs theures Leben
Ist angezettelt. Theilt das Weitre mit!

Zweiter Rathsherr.

Es handelt sich nur noch um euer Zeugniß;
Denn Alles liegt enthüllt vor unsern Augen.

Herrmann.

Ich bin ein deutscher Edelmann und kam
Zu Florenz an, Lorenzo zu besuchen.

Rathsherren.

Da haben wir's.

Herrmann.

Was that der alte Mann,
Den ich zu seh'n aus Deutschland hergereist?
Was hat ihm diese große Schmach bereitet?

Rathsherren.
(Verwundert.)

Das weiß er auch?

Herrmann.

Er ist mein alter Freund
Und sein Geschick bekümmert mich mit Recht.

Erster Rathsherr.

Weil Eures eng damit zusammenhängt.

Herrmann.

Begründet eure Klage, daß ich euch
Die Nichtigkeit daran erweisen kann.
Wofern ihr aber euren Uebermuth
An mir zu üben vorhabt, so bedenkt,
Daß ich, ein Deutscher, mir den welschen Schimpf
Und launenhaften Spruch verbitten kann.
Ich rufe laut den Herzog an um Schutz.

Vierte Scene.

Die Vorigen. Eleonore.

Zweiter Rathsherr.

Was ist zu Hause vorgefallen, daß
Du in den Rath zu folgen dich erkühnst?

Eleonore.

Mich trieb das Mitleid her in euren Kreis.
Gestattet mir, daß ich mein Herz entleere!
Seit kurzer Zeit verweilt in uns'rer Stadt
Ein deutscher Edelmann, vom Kaiser selbst
An unsern edlen Herzog abgesandt,
Um ihm von schnöden Plänen zu berichten,
Die auf des Herzogs Sturz gerichtet sind.

Lorenzo soll die Seele der Verschwörung,
Der Stifter dieses schwarzen Bundes sein.
Auf dieses kaiserlichen Boten Leben
Geschah nun gestern Nacht ein Attentat,
Und zwar von Niemanden veranlaßt als
Dem Oberhaupte der Verschwörung selbst.
Nun bringt die Kunde durch die ganze Stadt,
Der Deutsche sei verhaftet; darum kam
Ich selbst, was ich erfahren, kund zu thun.

Erster Rathsherr.
Ist der dort nicht derselbe Edelmann?

Eleonore.
Das ist er nicht. Ihr irrt euch Richter sehr.
Das ist ein alter Mann, der And're ist
Ein Jüngling noch; in seinen Zügen blüht
Der Frühling sichtbar, wie in einem Garten.
Sein Blick ist Feuer, Feuer seine Rede.
Sein Zauber bannt und macht die Augen starr.
Wer ihn gewahrt, ist schon an ihn gekettet.

Zweiter Rathsherr.
Bei meinem Weibe scheint's der Fall zu sein.

Eleonore.
Wie eine ganze Rede klingt sein „Ja"
Und sagt er „Nein", so hat er „Nein" geschworen.
Wer einmal ihn geschaut, der bringt sein Bild
So lang er lebt nicht aus der Seele mehr.
Die Lieb' zu ihm entkeimt im Herzen nicht,
Sie steht vielmehr, sobald sie auferwacht,
Ein Baum in Frucht und Blüthe üppig da.

Zweiter Rathsherr.

Gar schön beschrieben. Hätte nicht gedacht,
Daß meine Frau so zärtlich werden kann.
Da habe ich noch große Aussicht, einst
Geliebt zu werden, wenn der Laune Wind
Nach mir des Herzens Flamme blasen wird.

Eleonore.

Vulkane brechen stets an Einer Stelle aus.
Wohl schreibt der Mann uns Wechselliebe zu,
Doch Liebeswechsel dient vor allem er.
Wir lassen nur das unbefang'ne Herz,
Er läßt die wechselfrohen Sinne walten.
D'rum ist der Wille groß im Weibe, wenn
Die Liebe seinen Dienst in Anspruch nimmt.
Wohl uns, wenn mit des Schicksals Banden sich
Der Liebe Blumenkette eng verwebt;
Wenn Wille und Bestimmung einig sind.
Doch furchtbar ist das schwarze Gegentheil,
Wenn Kampf die beiden Mächte tückisch trennt
Und Neigung nach dem Himmel blühend strebt,
Indessen Zwang Gewichte an die Flügel hängt,
Daß rege Kraft der todten Masse weicht.

Zweiter Rathsherr.

Ich will dir deine Flügel stutzen, Weib!
Durch Nachsicht hab' ich dich bisher regiert,
Jetzt änd're ich das milde Regiment
Und werde Tyrann, Despot, Selbstbeherrscher,
Ein Scheusal werde ich, ein Ungethüm.

Amtsschreiber.

Ein Pyriphlegeton, ein Cerberus.

Erster Rathsherr.
Doch ohne Kopf.

Zweiter Rathsherr.
          Ich änd're das Regime,
Belagerungszustand ist über dich
Und deinen Leib von heute an verhängt,
Und wenn ein Glied rebellisch sich erweist,
So lasse ich standrechtlich es erschießen.

Amtsschreiber.
Ein Exempel statuirt! In meiner Frau
Hat sich vor Jahren auch ein böser Geist
Und arge Widerspenstigkeit gezeigt.
Da habe ich an ihren Kopf sofort
Die Proklamation befestiget,
Zu der ich euch nur wieder rathen kann:
Ich bin das Weib und du der Mann.
Gehorsam ist des Weibes erste Pflicht.
Ein strenger Mann bewacht des Weibes Schritte
Und furchtbar ist die Rache, die er übt.
Das sei zur Kenntniß dir hiemit gebracht!
Die Strenge hat gewirkt, das Weib ward zahm.

Zweiter Rathsherr.
Ihr habt euch ausgekannt.

Amtsschreiber.
          Exempla docent.
Imitirt mich! declarirt ihren Trotz
Für einen casus belli!

Erster Rathsherr.
          Einen Grund
Zu bellen.

Amtsschreiber.
Falsch gegeben.

Erster Rathsherr.
Wie man ist,
So gibt man sich.

Zweiter Rathsherr.
Sie soll mich kennen lernen;
Ich bin ein Scheusal, wenn ich wüthend bin.

Erster Rathsherr.
Da müßt ihr wahrlich immer wüthend sein.

Eleonore.
Ein ungeliebtes Herz kann nicht befehlen.
Dein Wort ist nichtig, wie der erste Schnee,
Der schon geschmolzen auf die Erde fällt.
Aus faulen Wurzeln wächst kein Baum empor.
Du glaubst, ich sei dein Weib, weil wir vermählt.
Ich läugne es; denn ohne Liebe kann
Kein Bund bestehen und ich hasse dich.
Du hängst, ein kalter Reif, an meinem Leben
Und nagst an meiner Jugend Brautgewand,
Wie eine Motte, still und schadenfroh.
Das Leben flöße mir, ein ruh'ges, hin,
Wofern du nicht, sein ew'ges Hinderniß,
Zu Wogen seine Wellen umgebaut.
Natur erschuf mich wie ein and'res Weib,
Doch aus des rauhen Schicksals Hand empfing
Ich neue Bildung, ehern mehr und fest,
Wie sie dem Manne wird bei der Geburt,
Uns Frauen aber durch ein hartes Loos.

Fünfte Scene.

Die Vorigen. Lorenzo, vorgeführt.

Herrmann.

Lorenzo!

Lorenzo.

Schönster Tag des größten Jammers!
(Sie umarmen sich).

Eleonore. (Tief erschüttert.)

Die Greise dauern mich in tiefster Seele
Und zeigen mir, wie frevelhaft es war,
Auf fremdes Unglück eig'nes Glück zu gründen.

Lorenzo.

Den schönsten Tag verschlingt der schwarze Schlund,
Der Nacht verschwor'nen Sonnenfinsterniß.
Der Gram verdrängt die Lust aus meinen Zügen,
Und nistet überall mir Sorgen ein.
Das Greisenalter drückt mich doppelt nieder;
Die Last der Jahre und des Kummers, Beide
Bedrängen mich und ruhen schwer auf mir.
Mein Auge ist wie eine Wasseruhr,
Und Thränen zählen mir der Zeiten Flucht.
O! nahte jetzt die Sterbestunde uns,
Daß wir, in einer stillen Gruft vereint,
Vergessen könnten, was das Leben ist.

Herrmann.

Aus meinem Auge fließt ein Doppelquell.
Die Freude wie der Kummer weint aus ihm,
Nur daß es, an die Freude nicht gewöhnt,

Des Schmerzes Stimme mehr begleiten kann.
Die Augen sind ja wie die Lieder treu.
Was Saitenton der Menschenstimme ist,
Das ist der Seele treuer Augen Dienst.
Wie bald verschlingt das Grab der Wirklichkeit
Der süßen Hoffnung fröhliche Gestalten!
Die Blume, die man für den Becher pflückt,
Bekränzt vielleicht dafür erstarrte Schläfe.
Wir sollten, einer Trauerweide gleich,
Von Kindheit auf zum Schmerze uns erzieh'n;
Denn tückisch sind des Schicksal's dunkle Mächte,
Und Jammer's faßt unendlich viel die Brust.

Eleonore.

Ihr Richter hört! ich habe euch belogen.
Mein Herz ist zwischen Lieb' und Haß getheilt
Und sündigt furchtbar, um gerecht zu sein.
Die Liebe ist's, die mich zum Hasse treibt.
Wie Fluth an fernem Ufer Ebbe zeugt,
So bin ich herzlos, weil mein Herz zu voll.
Vernehmet Richter, wie ich strafbar bin!
Und du verwünschter Gatte hör' es auch,
Und wende dann auf immer dich von mir!
Ein edler Deutscher weilt in uns'rer Stadt,
Wer einmal ihn erblickt, dem prägt sein Bild
Sich tief und unverwüstlich in das Herz.
Dem ist die Welt ein schwarzer Hintergrund,
Auf den sein lichtes Bildniß hingemalt.
Ich sah ihn und begriff mein hartes Loos,
Das mich an einen Mann gefesselt hat,
Von dem ich ganz mich abgestoßen fühle.

Dem Deutschen zu gehören war mein Wunsch,
Der bald zum Vorsatz sich erhärtete.
Als ich vernommen, daß ein Attentat,
Von einem deutschen Edelmann erregt,
Die ganze Stadt in größten Schrecken setzt,
Berieth ich mich und einte alle List
Zu einem Plane, der ihn retten möge;
Denn daß es dieser sei, schien mir gewiß.
So brachte ich dem Gatten heimlich bei,
Lorenzo sei der Thäter dieser That,
Und wollte jetzt von jenem Fremden weg
Und auf Lorenzo Schuld und Strafe wälzen.

Zweiter Rathsherr.
Du böses Weib!

Erster Rathsherr.
Die deutschen Briefe,
Vielmehr aus Deutschland zugeschickten sind's;
Ihr lügt und laßt euch um so mehr belügen.

Zweiter Rathsherr.
Boshaftes Weib! leibhaft'ge Hinterlist!

Amtsschreiber.
Du personificirte Teufelin!

Erster Rathsherr.
Die gold'ne Kette dürfte eisern werden.

Sechste Scene.

Die Vorigen. Bertha und Roberto vorgeführt.

Lorenzo.

Bertha und du Roberto! Meine Kinder!
(Stürzt auf sie.)
Gewißheit wird aus meiner Ahnung nun,
Seit ich euch ruh'gen Blick's betrachten kann.

Herrmann.

So sah sie in der Jugendblüthe aus,
Die Mutter lebt in ihrem Kinde fort.
Umarmt auch mich, dem eure Mutter einst
Die Sonne seiner schönsten Tage war.
(Umarmt sie.)

Roberto. (Herrmann zurückstoßend.)

Hinweg! In deinen Zügen sitzt Gericht,
Das mich den Mörder schrecklich sterben heißt.

Bertha.

O! Vater nimm den Bösewicht von mir,
Der jedes Unheil schrecklich auf mich häuft!

Lorenzo.

Es ist dein Bruder, den du lästernd nennst.

Bertha.

Mein Bruder? Weh' mir! Vater, tödte mich!

Herrmann.

Der Wahnsinn tobt in deinen Kindern, weh!

Roberto.

Dein Sohn ist todt, ich habe ihn ermordet.

Herrmann.
Bist du wahnsinnig oder redest du
Verzückt die schwarze Wahrheit blos?

Roberto.
In deinen Zügen steht der Name Vater.

Lorenzo.
(Herrmann bei der Hand fassend.)
Dein Ludwig lebt und wohnt gesund bei mir.
(Ludwigs Leichnam wird hereingetragen.)
Die Todten leben nicht, da siehe her!

Herrmann.
Weh' mir, mein armer Ludwig ist ermordet!

Roberto.
Und ich sein Mörder!

Bertha.
Wahnsinn fasse mich
Und drehe meinen Geist im Kreis herum,
Daß ew'ger Schwindel schrecklich mich erfaßt.

Eleonore.
(die wie versteinert dagestanden.)
Um gleiche Gabe flehe ich zu euch,
Ihr Schicksalsmächte, stürmet auf mich ein!

Herrmann.
(zur Leiche Ludwigs näher tretend).
Bist du auch todt?

Lorenzo.
Bist du mein Sohn?

Roberto.

    Ich bin's.

Lorenzo.

Und Bertha deine Braut?

Roberto.

    Sie muß es sein.

Lorenzo.

Hat sich Natur in Unnatur verwandelt,
Dann wandle auch die Liebe sich in Haß!
Der Himmel tausche mit der Hölle Namen,
Und Sünde rein'ge jede reine Brust!

Herrmann.

Mein Ludwig ist ermordet, wehe mir!
Unsäglich ist der Jammer, den ich dulde.

Lorenzo.

Verfluche mich! Ich habe seinen Mord
Und deinen Jammer unheilvoll erzeugt.

Herrmann.
(Auf dessen Kinder deutend.)

Des Fluches hast an diesen du genug;
Vermeide mich und laß das Schicksal walten!

Der Vorhang fällt.

Ende des Trauerspieles.

———

Druck der Dr. Wild'schen Buchdruckerei (Parcus).